LES

AMOURS GRECQUES,

POÊME EN TROIS CHANTS.

IMPRIMERIE DE SÉTIER ,
Cour des Fontaines, n° 7, à Paris.

LES
AMOURS GRECQUES,

POÊME EN TROIS CHANTS.

PARIS,

CHEZ TOUS LES MARCHANDS DE NOUVEAUTÉS.

1828.

AVIS.

Le jeune auteur des *Amours grecques* , par ce manque
de confiance inséparable d'un premier *essai*, et persuadé
du reste qu'un nom quelque pompeux qu'il soit, n'in-
flue jamais sur le mérite ou sur le succès d'un ouvrage,
désire garder l'anonyme. Il prie ardemment le public
de vouloir bien lui indiquer les fautes de son petit poëme.
En se soumettant aux critiques sages, il atteindra le seul
but qu'il se soit proposé, celui de composer un ouvrage
digne de corrections.

LES

AMOURS GRECQUES.

CHANT PREMIER.

« Croissez, lauriers , et de votre feuillage ,

 » Ornant les forêts d'alentour ,

 » Prêtez , à notre chaste-amour ,

 » Le silence de votre ombrage.

» Le soleil s'est caché ; ses éclatans rayons

 » Nous ont retiré leur lumière ;

 » Le laboureur a quitté ses sillons,

» Et regagne, en chantant, sa paisible chaumière.

» Du rossignol le doux ramage
» Se fait entendre dans nos bois ;
» Les accens répétés de sa touchante voix
» Vont se perdre sur le rivage. »

Ainsi chantait Zellis, et la jeune bergère
Mélait sa voix au bruit des flots ;
Tout-à-coup , au milieu des eaux ,
Paraît une barque légère.

C'est lui , c'est Elieven ; soudain il est près d'elle ;
Mais , ô douleur ! des pleurs mouillaient ses yeux.
« Il faut, dit-il, quitter le toît de mes aïeux;
Il faut nous séparer, Zellis, l'honneur m'appelle.

« Il faut partir ; » à ces mots un soupir
Interrompt Elieven, son amante éplorée ,
Entre ses bras s'abandonne, glacée ,
En répétant: Il faut partir.

Du jeune Grec l'œil brillant étincelle ;
Son cœur est agité par des pensers d'amour.
Il va quitter Zellis, il va quitter sa belle,
Pour lui plus d'heureux jour.

Mais rappelant sa valeur chancelante,
Elieven de Zellis presse la douce main ,
Pour la dernière fois embrasse son amante ,
   Et part murmurant ce refrain :

  « Croissez lauriers , et de votre feuillage ,
    « Ornez les forêts d'alentour ;
    » Viendra peut-être un plus beau jour ,
» Où nous pourrons en paix jouir de votre ombrage. »

Et la barque, à ces mots, dans les ondes lancée ,
    Est déjà loin du port.
Zellis, anéantie, est encor sur le bord ,
    Fixant la nacelle agitée.

    Le Grec à l'ennemi s'élance ;
    Il va combattre les tyrans ,
    Il va contre les Ottomans
    Eprouver le fer de sa lance.

Vils et lâches soutiens de la foi musulmane ,
    Des milliers de soldats ,
Guidés par le croissant, foulaient d'un pied profane
    La cendre de Léonidas !

Mais les Grecs triomphaient, même sans la victoire ;
Tout, jusqu'à la défaite, ajoutait à leur gloire,
Et la Grèce comptait, lorsqu'ils étaient vaincus,
Des défenseurs de moins,..... mais des lauriers de plus!

LES
AMOURS GRECQUES.

CHANT SECOND.

La Défaite

La nuit sur la nature avait tendu ses voiles ;
Les Musulmans dormaient, de vaincre fatigués.
    Aussi nombreux que les étoiles,
Les cadavres des Grecs gissaient amoncelés.....

    La terreur était dans le camp ;
    Les morts encombraient la campagne,
    Et du sommet de la montagne
    S'échappaient des ruisseaux de sang.

On entendait sur le rivage
Ainsi chanter un pauvre troubadour :
« Courbez vos fronts, lauriers, et de votre feuillage
  » Cessez d'orner les forêts d'alentour.

      » J'ai vu dans ce terrible jour
» Mes frères, mes amis tomber dans l'esclavage ;
» En vain au doux repos m'invite votre ombrage,
» Les Grecs sont dans les fers : Plus de chants, plus d'amour.

      » Hélas ! ils ne sont plus !
      » Accablés par le nombre,
      » Ils sont tombés dans l'ombre,
      » Mais sans être vaincus.…

» Tremblez, ô Musulmans, le jour de la vengeance,
  » Pour nous, est peut-être arrivé.
» Il nous reste encor Dieu, nos droits, notre vaillance,
  » Et la soif de la liberté ! ! !

» Mais que dis-je, insensé, des héros magnanimes
» Pensent voir des vengeurs en leurs jeunes enfans,
» Tandis qu'un sort cruel n'en fait que des victimes
  » Pour le glaive des Musulmans !

» J'ai vu tomber le Grec sous leur faux meurtrière,
» Et le héros soldat aux portes du tombeau ,
     » En mordant la poussière ,
  » Superbe encor, agitait son drapeau ! »

Cependant Elieven , appuyé sur sa lance ,
En songeant à Zellis , était saisi d'effroi ;
Il avait tout perdu , tout, hormis l'espérance
     De mourir pour sa foi.

« Ah ! je le sens, dit-il , à celui de la gloire ,
Je dois sacrifier l'amour de ma Zellis ;
Mais puisqu'il faut périr, trahis par la victoire ,
Entraînons en mourant des torrens d'ennemis ! »

Il dit : d'un feu guerrier , son œil fier étincelle ,
   Plus ne l'agite aucun penser d'amour;
Il a quitté Zellis , il a quitté sa belle ,
     Pour lui plus d'heureux jour !

Elieven est vaincu, mais toujours un héros ,
     A la mort son devoir l'appelle ;
Il a fait le serment de délivrer Argos;
Il s'agit de mourir : il lui sera fidèle.

Son front qui s'obscurcit indique un vaste plan ;
Aussitôt il revêt d'un soldat musulman
L'armure ensanglantée,
Et bientôt vers Argos sa course est dirigée.

LES

AMOURS GRECQUES.

CHANT TROISIÈME.

Tandis que dans Argos l'Ottoman triomphait,
Et que sur les remparts on voyait sa bannière ;
Chargé de fers, le front courbé dans la poussière,
Le chrétien gémissait.

Aux portes de la ville, Elieven, en entrant,
S'est arrêté. Couvert des armes ottomanes,
Voyant de toutes parts les horreurs musulmanes ,
Le Grec avait rougi de son déguisement.

La croix du Dieu vivant lâchement profanée ;
La Vierge , dans le temple , expirant outragée ;
Un peuple entier proscrit. Et le fer du bourreau
Frappait aux yeux d'un père un enfant au berceau.

O ! quel spectacle affreux ! les bras chargés de liens ,
On voyait prisonniers d'infortunés chrétiens.
Tandis que devant eux , le clairon , la cymbale ,
Précédaient du pacha la marche triomphale.

Elieven aperçoit dans les rangs ennemis
        Son amante éplorée ;
A d'infâmes plaisirs la vierge est réservée :
        C'en est fait de Zellis !

Mais soudain Elieven s'est élancé près d'elle
        A travers la troupe infidèle ;
        Et le turban protégeant le héros ,
A la belle captive, il adresse ces mots :

    « Zellis, nos malheurs vont finir.
» Regarde cette terre à tant de maux livrée ;
» Vois aussi ce beau ciel, cette voûte azurée ;
        » Voudrais-tu donc ne pas mourir ?

»Que l'éternité nous rassemble !

» Plus d'amour ici-bas ;

» Il est un lieu , Zellis , où nous serons ensemble.

» Pour nous aimer encore, ah ! courrons au trépas ! »

Il dit : Zellis , en vain lui tend les bras,

Et vers la citadelle ,

Où doit succomber l'infidèle ,

Il a précipité ses pas.

Là , dans des autres souterrains ,

Dorment des Grecs les ressources dernières ,

Là, sont des foudres meurtrières ,

Des tonnerres éteints.

Un effroyable bruit soudain se fait entendre ,

Par la main d'Elieven , le salpêtre allumé ,

S'élance en tourbillons : tout périt abîmé.

Argos n'est plus que cendre.

Alors du haut de l'empirée ,

Envoyés du Seigneur ,

Parut d'anges de paix une troupe sacrée ,

Qui répétait en chœur :

« Croissez, lauriers, et de votre feuillage,
» Ornez encor les forêts d'alentour.
» Le Seigneur a parlé; voici venir le jour
» Où les chrétiens vont sortir d'esclavage. »